AF309511

ÉLOGE

DE

VOLTAIRE,

SUIVI

DE POÉSIES DIVERSES.

A LA HAIE;

Et se trouve A PARIS,

Chez { GUEFFIER, Imprimeur-Libraire, rue de la Harpe ; COUTURIER, Imprimeur-Libraire, quai des Augustins.

***

M. DCC. LXXXIII.

ÉLOGE
DE VOLTAIRE,
COMPOSÉ
PAR VOLTAIRE LUI-MÊME.

De toute fiction l'adroite fausseté
Ne tend qu'à faire aux yeux briller la vérité
BOILEAU.

SECONDE ÉDITION.

DIALOGUE (1)

ENTRE

MADAME DE*** ET L'AUTEUR.

MADAME DE***.

ME voilà dans ma loge depuis un quart-d'heure au moins, & je ne sais pas ce qu'on doit jouer; comment trouvez-vous cela, Monsieur?

L'AUTEUR.

Cela me paroît tout simple, Madame: vous aimez beaucoup les Comédiens François.

MADAME DE***.

Il est vrai que je les aime beaucoup; mais encore faut-il savoir ce qu'ils jouent. *Dancourt* ne me plaît pas autant que *Molière*, & j'aime mieux *Voltaire* que *Corneille*.

L'AUTEUR.

Eh bien! Madame, félicitez-vous; c'est une Pièce de Voltaire qu'on va vous donner.

____

(1) Ce Dialogue a eu lieu avant la distribution des Prix de l'Académie Françoise.

A 3

[6]

M A D A M E D E***.

Eſt-ce Zaïre, ou Mérope ?

L’A U T E U R.

Non, Madame, c’eſt Mahomet.

M A D A M E D E***.

J’en ſuis enchantée. Mais, à propos de Voltaire ; j’ai lu cet Eloge que vous m’avez envoyé.

L’A U T E U R.

Eh bien ! Madame, qu’en penſez-vous ?

M A D A M E D E***.

Je ne crois pas qu’il réuſſiſſe.

L’A U T E U R.

C’eſt-à-dire qu’il eſt mauvais.

M A D A M E D E***.

Je ne dis pas tout-à-fait cela. Comptez-vous
l’envoyer à l’Académie pour le concours de cette
année ?

L’A U T E U R.

Oui, Madame, je compte l’envoyer demain (1).

M A D A M E D E***.

Tant pis. L’Académie n’en parlera point.

L’A U T E U R.

Vous le croyez !

M A D A M E D E***.

Je vous le prédis.

____

(1) L'Auteur avoit en effet compoſé cette Pièce pour le
concours de l'année 1779 ; des raiſons particulières l'ont empê-
ché de l'envoyer à l'Académie Françoiſe.

[7.]

L' A U T E U R.

Et pourquoi cet Ouvrage ne plairoit-il point à l'Académie ?

M A D A M E   D E***.

Belle queſtion ! parce que le ton n'en eſt point académique.

L' A U T E U R.

Qu'eſt-ce qui, ſelon vous, conſtitue le ton académique ?

M A D A M E   D E***.

C'eſt un ſtyle toujours noble, toujours élevé, toujours.....

L' A U T E U R.

Toujours dans les nues, n'eſt-ce pas ? Pour moi, j'aime à croire qu'un ſtyle vrai & naturel plaît autant à l'Académie qu'un ſtyle figuré & merveilleux ; elle l'a prouvé plus d'une fois. L'*Epître aux Poëtes* de M. Marmontel ne reſſemble point à l'*Ode ſur le Temps* de M. Thomas : ces deux Pièces ont été couronnées. Je compare l'une à une belle femme en habit de cour, & l'autre à une jolie femme en habit de ville ; les Amateurs font cas de toutes deux. Combien de fois avez-vous lu les Lettres de Balzac ?

M A D A M E   D E***.

Une fois ſeulement.

A 4

[8]

L'Auteur.

Et celles de Madame de Sévigné?

Madame de***.

Toutes les fois qu'elles me font tombées fous
la main.

L'Auteur.

C'eft-à-dire, fouvent. D'où vient cette pré-
dilection?

Madame de***.

Elle vient de ce que Balzac a écrit pour faire
des phrafes; & Madame de Sévigné, pour dire
ce qu'elle fent. Madame de Sévigné caufe avec
moi, & Balzac a toujours l'air de vouloir me
prêcher. Balzac n'a que rarement le ton de la
nature, & Madame de Sévigné l'a toujours.

L'Auteur.

Vous croyez donc avoir raifon en préférant
Madame de Sévigné à Balzac?

Madame de***.

Affurément.

L'Auteur.

Pourquoi ne voulez-vous pas que l'Académie
penfe comme vous? Je lui rends plus de juf-
tice. Je crois qu'elle auroit couronné l'*Epître* (1)
à mon Jardinier, auffi-bien que l'*Ode* (2) *à la
Fortune*.

---

(1) De Boileau.
(2) De Rouffeau.

MADAME DE***.

J'avois une fauſſe idée du ton académique, j'en conviens. Mais il faut, à ce que je crois, que le ſtyle d'un Ouvrage ſoit un. Ce qui me choque dans le vôtre, c'eſt ce mélange continuel de noble & de familier ; ce ſont ces paſſages inattendus du ſérieux au plaiſant. Ne craignez-vous point que cette alternative ne forme une diſparate déſagréable ?

L'AUTEUR.

C'eſt Boileau qui va vous répondre pour moi :

Heureux qui, dans ſes Vers, ſait d'une voix légère
Paſſer du grave au doux, du plaiſant au ſévère !

Si M. de Voltaire n'avoit compoſé que ſa Henriade & ſes Tragédies, j'aurois, pour le louer, emprunté la trompette de Calliope ; j'aurois fait en ſon honneur une Ode ou un Poëme héroïque, & j'aurois tâché d'y conſerver le ton académique dont vous parliez tout-à-l'heure : mais obſervez, Madame, que le même homme a enfanté la Henriade & la Pucelle, Mahomet & l'Ecoſſaiſe, l'Hiſtoire de Charles XII & les Voyages de Scarmentado, l'Eſſai ſur l'Eſprit des Nations & les Queſtions de Zapata : le Siècle de Louis XIV & les Viſions de Babouc ; obſervez, dis-je, que, pour peindre un homme qui avoit traité toutes ſortes de ſujets, il falloit prendre toutes fortes de tons, & que ce n'étoit que par des antithèfes qu'on pouvoit donner une idée de ce Génie antithétique. Je compare la collection des Œuvres de Voltaire à ces jardins de Fées où l'on trouvoit des fleurs & des fruits de toutes les faifons. Je ne pouvois pas, avec les mêmes couleurs, peindre la rofe & la violette. D'ailleurs, en faifant louer M. de Voltaire par lui-même, en le faifant parler, il falloit lui prêter fon langage ordinaire, celui de fes Poéfies fugitives ; & dans ces dernières vous trouverez toujours ce que vous me reprochez, ce ton facile & léger, qui eft tantôt d'une familiarité gracieufe, & tantôt de la poéfie la plus noble.

MADAME DE***.

Vous parlez de nobleffe, c'eft où je vous attendois : vous convenez que le ftyle poétique demande de la nobleffe.

L'AUTEUR.

Oui, Madame ; je crois même que la poéfie n'eft autre chofe que le langage ordinaire ennobli par les expreffions & les tournures qu'on leur donne.

MADAME DE***.

Cela étant, comment fe peut-il que vous

ayez laiſſé dans votre Ouvrage le vers ſuivant ?

On dit que maintenant Du.... (1) couche avec elle.

N'avez-vous pas ſenti combien ce mot *coucher* eſt peu noble ?

L' A u t e u r.

M. de Voltaire avoit déjà dit dans ſa jolie Pièce intitulée *La Tactique :*

Poignardent les Maris , *couchent* avec les Dames.

Et voici ce que dit la Bruyère dans le chapitre 6 de ſes Caractères ; comme j'ai beaucoup de mémoire , je vais vous citer ſes propres paroles : *Quelques femmes de la Ville ont la délicateſſe de ne pas ſavoir, ou de n'oſer dire le nom des rues , des places & de quelques endroits publics qu'elles ne croient pas aſſez nobles pour être connus. Elles diſent le Louvre, la Place Royale ; mais elles uſent de tours & de phraſes, plutôt que de prononcer de certains noms ; en cela moins naturelles que les femmes de la Cour, qui , ayant beſoin dans les diſcours, des Halles , du Châtelet, & de choſes ſemblables , diſent les Halles , le Châtelet.* Vous êtes à la Cour, Madame ; vous y paſſez une partie de l'année ; laiſſez aux femmes de la Ville leurs ridicules : ſuppoſé qu'il leur en reſte encore, pourquoi vouloir les imiter dans ce qu'elles ont de repréhenſible ?

---

(1) Ce Vers qui étoit dans la première Edition , a été corrigé dans celle-ci.

MADAME DE***.

Je ne les imite point. Dans la converſation je nomme ſans ſcrupule *les Halles*, *le Châtelet*, & même *les Porcherons* ; je dis à ma femme-de-chambre : *Donnez-moi une coëffe de nuit* ; & à mon cuiſinier : *Faites-moi un pâté de lièvre*. Les mots de *pâté* & de *coëffe de nuit* ne me paroiſſent point ignobles en parlant : mais en écrivant, & ſur-tout en Vers.....

L'AUTEUR.

En écrivant, Madame, il doit en être de même. Racine, qui eſt l'Ecrivain le plus noble & le plus élégant que nous ayions, Racine a fait entrer dans ſes Tragédies & dans ſes Cantiques qui ſont de véritables Odes, les mots *Chien* (1), *Bride* (2), *Sel* (3), *Pain* (4), *Froment* (5),

---

(1) Que des *chiens* dévorans ſe diſputoient entre eux.
ATHALIE.

Dans ſon ſang inhumain les *chiens* déſaltérés.
Ibid.

(2) Par la *bride* guidoit ſon ſuperbe courſier.
ESTHER, *Acte II, Scène V.*

(3)   Quelquefois à l'Autel
Je préſente au Grand-Prêtre & l'encens & le *ſel*.
ATHALIE.

(4)   Le *pain* que je vous propoſe
         Sert aux Anges d'aliment,
         Dieu lui-même le compoſe

(5)   De la fleur de ſon *froment*.
Cantiq. IV.

[13]

Plomb (1) , *Mamelle* (2) , *Bouc* (3) , *Ours* (4) ,
&c. Ils y font placés adroitement , il eſt vrai ;
l'Auteur , pour en faire oublier la baſſeſſe ,
les a entourés d'expreſſions très-relevées &
très-poétiques , où ils font , pour ainſi dire ,
encadrés ; d'autres fois encore , il les a em-
ployés dans des images dont ils font partie ,
& voilà le ſecret des grands Maîtres. Ce ſecret
étoit celui de Boileau & de Voltaire : ils ont
fait uſage dans leurs Vers des mots les plus
familiers de la converſation , excepté cependant
de ceux qui l'étoient trop à Catulle.

M A D A M E   D E ***.

Quels font ces mots , Monſieur ?

L' A U T E U R.

Ce font ces mots ſinguliers , Madame , dont
ce Poëte un peu libertin ſe ſervoit fort ſouvent
pour rendre compte de ſes bonnes fortunes. Si
vous voulez , je.....

---

(1)   Comment en un vil *plomb* l'or pur s'eſt-il changé ?
A T H A L I E.
(2)   Cette Juive fidelle
Dont tu fais bien alors qu'il ſuçoit la *mamelle.*
Ibid.
(3)   Ai-je beſoin du ſang des *boucs* & des géniſſes ?
Ibid.
(4)   Un malheureux enfant aux *ours* abandonné.
Ibid.

MADAME DE***.

Paſſons, paſſons : ma demande eſt excuſable, je n'ai jamais lu Catulle. Il me ſemble que vous voulez élever des queſtions étrangères à notre ſujet ; c'eſt ſans doute pour éviter de répondre à mes critiques : mais j'en ai bien d'autres à vous faire. Pourquoi prendre un ton malin en parlant des Comédies de Voltaire ? Avez-vous eu deſſein de les blâmer ou de les louer ? Que ſignifie ce Vers :

Je dois me ſouvenir que j'ai fait l'Indiſcret.

Eſt-ce une Epigramme que vous avez voulu faire ? elle eſt très-déplacée. *Nanine*, l'*Ecoſſaiſe*, l'*Enfant prodigue* ne ſont-elles pas des Comédies charmantes, Nanine ſur-tout ? Je l'ai jouée chez moi l'hiver paſſé avec un ſuccès ;.... vous y étiez, je crois ?....

L'AUTEUR.

Oui, Madame, j'y étois.

MADAME DE***.

Vous avez applaudi, ce me ſemble ?

L'AUTEUR.

Beaucoup. Mais j'applaudiſſois un Drame inté-reſſant, & non une bonne Comédie.

MADAME DE***.

Diſtinction puérile !

L'A U T E U R.

Non, Madame, ma diſtinction eſt juſte.

M A D A M E D E ***.

Qu'entendez-vous par une bonne Comédie ?

L'A U T E U R.

Une Pièce qui me corrige en me faiſant rire. Voyez ſi cette définition eſt applicable aux Comédies de Voltaire.

M A D A M E D E ***.

Je ne le crois pas ; elles font peu rire. Mais par un Drame, qu'entendez-vous ?

L'A U T E U R.

La repréſentation d'une action quelconque.

M A D A M E D E ***.

Toute Comédie a une action, toute Comédie eſt donc un Drame ?

L'A U T E U R.

Oui, Madame ; mais tous les Drames ne font pas des Comédies.

M A D A M E D E ***.

Pourquoi cela ?

L'A U T E U R.

Parce que tous les Drames ne font pas comiques, & les Comédies de Voltaire font de cette dernière eſpèce. Il ne faudroit cependant pas en conclure que M. de Voltaire n'avoit pas le génie comique. Je ſuis preſque convaincu

que Candide, Memnon, Zadig, Babouc, l'In-
génu, peuvent être autant utiles aux mœurs,
que le Tartuffe, le Mifanthrope, les Femmes
Savantes, les Dehors Trompeurs, &c..... La
Morale n'a jamais été mife en action avec plus
de charme que dans ces petits Romans. La Philofophie s'y cache fous les graces, & M. de
Voltaire y a prodigué le *vis comica* qui manque
à fes Comédies. On avoit déjà dit que dans
*fes Tragédies il attendriſſoit les humains pour les
rendre meilleurs ;* je crois que dans fes Romans
il les *amufe* pour arriver au même but : j'ai ofé
le dire, & je ne crois pas qu'on me démente.
Y a-t-il dans aucune Pièce de Molière un carac-
tère plus comique & plus moral que celui de
Memnon ? Un homme qui forme le projet d'être
fage, & qui, chaque jour, fait quelques fottifes ; quel fujet de Comédie ! Si l'on pouvoit
dialoguer ce Conte, on en feroit une Pièce
excellente.

MADAME DE***.

Je ne conçois pas trop comment on peut être
comique, fans avoir fait de Comédies.

L'AUTEUR.

Rien n'eſt cependant plus concevable. *Pétrone,
Lucien, Rabelais, Bocace, Horace,* n'ont jamais
fait de Comédies ; & cependant ils ont le génie
comique,

comique , rien n'eſt plus certain. Leurs Ouvrages fourmillent de peintures fines & plaiſantes des vices & des ridicules ; auſſi Molière les a mis à contribution tant qu'il a pu. M. de Voltaire a encore fait des Dialogues à la manière de Lucien ; & il y a tel Dialogue de ce dernier qui vaut autant que la meilleure Scène de Molière.

MADAME DE***.

Il vaudroit donc mieux faire repréſenter *Candide*, que l'*Ecoſſaiſe ?*

L'AUTEUR.

Oui, Madame ; mais cela n'étant pas poſſible , il faut lire les Romans de Voltaire auſſi ſouvent qu'on joue ſes Comédies.

MADAME DE***.

Parmi les dernières, il n'en eſt donc point qui vous plaiſe ?

L'AUTEUR.

Il en eſt une qui m'enchante , & dont le ſtyle eſt d'un bout à l'autre un modèle de plaiſanterie.

MADAME DE***.

Ah ! ah ! vous m'étonnez.

L'AUTEUR.

Elle eſt en 18 , 20 , 21 , 24 Chants, ſelon les Editions. Je crois qu'elle a été miſe en lumière par un certain *Dom Apuleïus Riſorius , Bénédictin.*

B

M A D A M E   D E***.

Je vous entends. Pourquoi n'en parlez-vous
point dans votre Eloge ?

L' A U T E U R.

Boileau & la Bruyère ont déjà répondu à
deux de vos queſtions ; c'eſt Voltaire lui-même
qui va répondre à celle-ci :

> Le ſecret d'ennuyer eſt celui de tout dire.

M A D A M E   D E***.

Vous êtes plaiſant avec vos citations ; vous
croyez vous excuſer par-là , mais c'eſt en vain.
Quand on fait l'éloge d'un homme , on parle
de ſes chefs-d'œuvre.

L' A U T E U R.

J'ai indiqué la Comédie en 24 Chants , par
ce Vers :

> Arioſte ſourit , & ce n'eſt pas pour rien.

C'eſt tout ce que j'en ai pu dire. La Sorbonne
n'aime pas cette Comédie , quoiqu'un Moine en
ſoit l'Editeur. D'ailleurs , mon Ouvrage vous a
paru long , & à moi auſſi ; il vous l'auroit paru
bien davantage. Il eſt d'autres Ouvrages de Voltaire dont je n'ai point parlé , & qui ne méri-
toient point ce ſilence. Je n'ai rien dit d'*Adé-
laïde du Gueſclin* , de *Tancrède* , de l'*Orphelin
de la Chine* , &c.... mais je n'y étois point
obligé. Si j'ai bien peint le tragique en général,

il étoit inutile de peindre les Tragédies en par-
ticulier. Ce n'eſt que dans celles-ci que j'ai pu
puiſer le portrait de l'autre.

M A D A M E   D E * * *.

Je n'ai plus qu'une queſtion à vous faire :
mettrez-vous votre nom à cet Ouvrage ?

L' A u t e u r.

Non, Madame, je n'y mettrai point mon nom :
je ne veux plus ſigner que les Ouvrages que je
croirai excellens ; il s'en faut de beaucoup que
je ſois content de celui-ci. M. de Voltaire avoit
l'art d'approfondir les objets, en paroiſſant les
effleurer ; je n'ai peut-être qu'effleuré ſon Eloge,
en m'efforçant de l'approfondir. Je devois, en
le faiſant parler lui-même, m'approprier ſes
graces vives & légères, ſa gaieté piquante &
philoſophique ; je n'ai peut-être imité de lui que
ſes défauts, ſans même avoir le ſecret de les
rendre aimables. Je ne ferai illuſion à perſonne ;
tout le monde verra que c'eſt moi qui parle,
& non pas lui. Je ſuis reſté d'autant plus au-
deſſous de mon ſujet, que j'ai eu plus de pré-
tentions à me mettre au-deſſus ; & rien n'égale
l'audace de mon entrepriſe, ſi ce n'eſt la foi-
bleſſe de l'exécution.

M A D A M E   D E * * *.

Avec cette opinion modeſte que vous avez de

B 2

votre Ouvrage, je ne comprends pas pourquoi vous l'avez fi bien défendu contre mes critiques.

L' A U T E U R.

Ce n'étoit pas lui que je défendois, c'étoit mon Héros; &, fi vous l'avez remarqué, l'apologie du premier a été la continuation de l'Eloge du fecond. Je viens de vous dire en profe beaucoup de chofes que je n'avois pas pu dire en vers, & les réponfes que je vous ai faites ne font que le fupplément de mes idées.

M A D A M E D E***.

Votre remarque fur les Romans de Voltaire eft en effet lumineufe. Il me femble, comme à vous, qu'il y a mis tout le comique qui manque à fes Comédies. Mais, malgré tout cela, vous n'aurez point le Prix.

L' A U T E U R.

Ah ! Madame, je fuis loin d'y prétendre ; j'ai des rivaux trop redoutables.

M A D A M E D E***.

Vous ne ferez pas même nommé.

L' A U T E U R.

Quoi qu'il arrive, je ne me plaindrai point. Je n'ai pas le droit de.....

M A D A M E D E***.

Paix ! la toile fe lève : Brifard paroît fous l'habit de Zopire ; c'eft affez caufer, admirons.

ELOGE
DE VOLTAIRE (1).

J'AVOIS paſſé les eaux du Fleuve redoutable,
De l'Empire des Morts barrière épouvantable ;
Une Ombre me conduit dans ces boſquets charmans
Que peuplent les Héros, les Sages, les Amans,
Et je partage enfin les voluptés parfaites
Des Hôtes fortunés de ces belles retraites.
Un ſeul, quand j'y parus pour la première fois,
S'indigna de me voir arriver en ces bois.
Faut-il s'en étonner ? c'étoit l'affreux Zoïle.
Ce lâche détracteur du vieux Chantre d'Achille ;
Du Tartare échappé, je ne ſais trop comment,
Etoit dans l'Eliſée entré furtivement.
Il me parle en ces mots : « C'eſt ici qu'on diſpenſe
» Aux Vertus, aux Talens leur juſte récompenſe ;
» De quel droit y viens-tu ? Si l'on m'a bien inſtruit,
» Ton nom dans l'Univers a fait un peu de bruit ;
» Mais ta main qu'égaroit un malheureux délire,
» A fauſſé le compas, fait diſcorder la lyre.
» Ton débile génie, en ſes divers travaux,
» Trouva toujours un maître, & ſouvent des rivaux.
» Sors donc, fors de ces lieux que ſouille ta préſence,
» Vas revoir tes François, qui pleurent ton abſence ;
» Sors, dis-je : ou mon courroux te deviendra fatal ».
CE diſcours de Zoïle étoit un peu brutal :

____

(1) C'eſt Voltaire lui-même qui parle.

B 3

Quelques Ombres foudain me preffent de répondre
A ce Mort incivil que je pouvois confondre.
Mais en vain leur prière eft un ordre pour moi;
On ne peut fe réfoudre à bien parler de foi :
L'orgueil eft en tous lieux un vice qu'on détefte;
Même quand on eft mort il faut être modefte.
J'allois donc, à Zoïle en efclave foumis,
Du féjour des heureux quitter les bois amis ;
Déjà je m'éloignois; les Ombres s'en étonnent,
Elles fuivent mes pas, m'arrêtent, m'environnent,
Du Palais de Pluton me ferment le chemin.
Je ne réfiftai plus, & répondis foudain :

PAUVRE Zoïle ! eh ! quoi, tu doutes de ma gloire !
Je vais de mes travaux te raconter l'hiftoire.
Racine n'étoit plus; un veuvage éternel
Menaçoit Melpomène, & d'un deuil folemnel
Son Temple offroit par-tout l'image douloureufe :
De fes mâles attraits ma jeuneffe amoureufe,
La confola bientôt; à mes vœux, à ma foi
Melpomène fe livre, & convole avec moi.
Mais une femme, helas, n'eft pas long-tems fidelle,
Déjà plufieurs amans me remplacent près d'elle.

D'UN fils inceftueux je retraçai d'abord
Le crime involontaire & le touchant remord.
Soudain la Motte-Houdart me prédit qu'au Parnaffe
J'occuperois un jour une affez belle place.
Quoique je l'aie un peu fifflé de mon vivant,
Ce la Motte, entre nous, avoit raifon fouvent;
S'il fe trompoit en vers, il parloit jufte en profe.

LORSQUE l'on vient de plaire, il n'eft rien que l'on n'ofe :

J'avois plu ; j'en crus donc Monſieur la Motte-Houdart.
J'arme Hérode auſſi-tôt du tragique poignard ;
Et bientôt m'élevant à la grandeur Romaine,
Je peins du vieux Brutus l'ame républicaine ;
Un de tes deſcendans ennemi des beaux vers,
Un Zoïle envieux de mes ſuccès divers,
Se met à publier, & ſe plaît à redire :
« Il ne ſait point aimer ». Et je donne Zaïre,
Chef-d'œuvre de tendreſſe, & pourtant ſans amour ;
Mérope eſt applaudie, admirée à ſon tour ;
Et Mahomet m'élève au-deſſus de moi-même.

NE penſe pas qu'ici plein d'un orgueil extrême,
D'un orgueil qui me ſied peut-être en ces inſtans,
Rappellant le deſtin de mes nombreux enfans,
Je t'en faſſe à loiſir un méthodique éloge ;
Vas louer aux François une petite loge ;
Vas, tu répands ton fiel ſur mes moindres écrits :
Eh bien ! ſi tu peux voir ou Clairon, ou Veſtris,
A ces Drames divers prêter leurs nobles charmes ;
Pour la première fois tu verſeras des larmes,
Et ton farouche cœur ſe laiſſant attendrir,
Pour la première fois ceſſera de haïr.
A table, quelquefois la bonne compagnie
Apprécie avec goût les efforts du Génie,
Lorſque j'étois encor de ſes petits ſoupés,
J'ai vu des connoiſſeurs, même des plus hupés,
Entre ſes deux rivaux placer le vieux Voltaire.
Démens-les, ſi tu veux ; pour moi je dois me taire.
Quoique déſaltéré dans le Fleuve d'oubli,
Je me ſouviens encor qu'un François eſt poli.

RACINE, difoient-ils, rappelle en tout Virgile ;
La Langue, fous fes mains, eft une molle argile,
Qui, docile à fes vœux, s'arrondit & s'étend,
Que fon goût délicat foumet à chaque inftant
A de nouvelles loix, à des formes nouvelles :
Adoré des Amans, idolâtré des Belles,
Des orages divers qui tourmentent leur cœur,
Son vers, qui réunit la grace & la vigueur,
Avec précifion retrace la peinture ;
Et fes tableaux toujours font faits d'après nature.

CORNEILLE, plus hardi, plus ami de l'écart,
Laiffe marcher fon ftyle & fa verve au hazard.
Il eft, fans le favoir, éloquent & fublime ;
Il ne met point fon vers fous le joug de la lime ;
Non : fon vers tout armé de fon cerveau jaillit ;
Corneille crée enfin, & Racine polit.

VOLTAIRE les égale : un vers tantôt facile,
Tantôt plus châtié, de fa plume docile
Tombe, & de fes rivaux fa Mufe offre par-tout
L'adreffe & l'abandon, le génie & le goût.
On l'a vu plus fouvent, d'une main raffermie,
Aux pieds mal affurés de la Philofophie
Attacher le Cothurne, & cette Déité,
Par fa bouche, aux Humains prêchant l'humanité,
Le Théâtre foumis à de nouveaux ufages,
Eft devenu l'Ecole & des Rois & des Sages ;
Melpomène en un mot, dans fes Drames vantés,
Trouvant de fes rivaux les diverfes beautés,
De leurs lauriers divers compofa fa couronne.

DANS ce triple portrait, fi ma mémoire eft bonne,

Ces Meſſieurs oublioient un certain Crébillon
Dont ils jugeoient les vers indignes d'Apollon ;
Je ſuis plus juſte : Atrée, Electre, Zénobie,
Sont les mâles enfans d'un tragique génie ;
Je les relis par fois ſous ces ombrages verds.
De nos Sémiramis les deſtins ſont divers ;
Au Théâtre ſouvent on voit monter la mienne ,
Souvent on l'applaudit, ſans trop lire la ſienne.
A ſon Catilina brave, mais fanfaron ,
On a pu préférer mon bavard Ciceron ;
Me voir avec plaiſir, dans mes veilles hardies,
Recrépir après lui d'antiques Tragédies ;
Et ſur ſes vers empreints des coups d'un lourd manteau ,
Etre enfin de l'avis de Nicolas Boileau (1).

CE Boileau, comme toi, n'étoit point un ignare ;
Jamais il n'admira Crébillon le barbare :
Tantôt il me l'a dit ici ſecrettement ,
Et m'a fait ſur Mérope un fort doux compliment.

J'EN ſuis fier & joyeux; mais il eſt un ſuffrage
Dont je m'énorgueillis encore davantage.
Tu me crois ſans génie ainſi que ſans eſprit :
Un ſeul moment encor modère ton dépit ,
Et retiens, ſi tu peux, les torrens de ta bile.
Le Taſſe que j'adore & le ſage Virgile ,
Ces ombres dont ſouvent je brigue l'entretien
Ont daigné l'autre jour me dire quelque bien
De ce fameux Poëme, où, dans ſa jeune audace ,
Ma Muſe s'eſſayant à marcher ſur leur trace ,

____

(1) On ſait que Boileau, après avoir entendu la lecture
d'une Pièce de Crébillon, s'écria : *Nos Pradons étoient des ſoleils
en comparaiſon de cet homme.*

Célébra de Henri les exploits belliqueux.
Je n'y fais point agir les ressorts merveilleux
De la machine antique, invisible chimère
Qu'Hésiode inventa pour la gloire d'Homère.
On ne voit point chez moi de vieux Roi Latinus,
Incessamment flotter entre Enée & Turnus.
On n'y voit point non plus tous ces combats étranges
Des Dieux & des Mortels, des Diables & des Anges.
J'ai choisi, créateur d'un nouvel Hélicon,
Un seul Dieu pour agent, le Vrai pour Apollon;
Et des graves atours de la Philosophie
Ma Muse est revêtue, & peut-être embellie.
Le calme sur le front, mon Héros courageux
Marche tranquillement sous un Ciel orageux:
D'un Parlement de Dieux les Chambres assemblées,
N'enflent point de mes Vers les rimes redoublées
Pour régler ses destins, & lui donner des loix.
Henri ne doit qu'à lui ses vertus, ses exploits;
Il plaît sans talismans, triomphe sans miracles,
Et la voix de l'honneur lui tient lieu des Oracles.
Philosophe guerrier, pacifique soldat,
De la paix amoureux, sans craindre le combat,
Tranquille à ses côtés, toujours grand, toujours sage,
Mornay tirant l'épée au milieu du carnage,
Pour repousser la mort, & non pour la donner,
Est moins prompt à punir encor qu'à pardonner,
Voilà de ces Héros dignes qu'on les révère;
Telles sont les beautés, dont le charme sévère
A peut-être séduit Virgile & Torquato:
Peut-être que tous deux préfèrent *in petto*
D'utiles vérités à de stériles fables,
Et mes sages leçons à leurs rêves aimables.

Rien n'eſt beau, rien n'eſt grand que par la vérité ;
Elle ſeule en tout tems fut ma Divinité :
Je hais le merveilleux qui n'eſt pas vraiſemblable ;
De la trahir peut-être on m'a jugé capable.
Eh bien ! porte avec moi tes regards éblouis
Sur le Siècle brillant du plus grand des L o u i s ;
Il m'a toujours ſemblé que dans ces tems célèbres,
On avoit mis l'Hiſtoire en Oraiſons funèbres
Aux Princes, aux Héros on prodiguoit l'encens ;
Et les Hiſtoriens, un peu trop courtiſans,
N'avoient point hérité des pinceaux de Tacite ;
Les Strada, les Maimbourg, & d'autres que l'on cite,
A force de tout dire, empêchoient de penſer.
Avoient-ils un combat, un ſiège à retracer ?
Nul fait n'étoit omis ; & ce long Répertoire
Etoit une Gazette & non pas une Hiſtoire.
Ah ! ce n'eſt pas ainſi que l'on peint les Héros :
J'ai de leurs grands exploits tracé de grands tableaux.
Charles, Pierre, Louis, aux Nations futures,
Seront tranſmis vivans dans mes larges peintures ;
Oui, ſans m'appeſantir à détailler leurs traits,
Ma plume impartiale en finit les portraits.
Les Tyrans à leur ſolde ont des plumes vénales :
Quand la mienne du Monde écrivit les Annales,
Sans égard pour les rangs, ſans égard pour les noms,
Je diſtinguai toujours les Titus des Nérons.
C'eſt-là que je montrai l'opinion volage
Gouvernant l'Univers du haut de ſon nuage,
Tyranniſant le Peuple & régnant ſur les Rois ;
C'eſt-là que des Humains j'ai défendu les droits,
Ces nobles droits qu'uſurpe un Tyran exécrable,
Quand l'innocent par lui meurt avec le coupable ;

C'eft-là que j'ai furpris les Talens au berceau ;
Que j'ai vu par degrés s'allumer leur flambeau ;
C'eft-là que j'ai fur-tout prêché la tolérance ;
Et grace à mes efforts, ce fils de l'ignorance,
Ce defpote facré, coloffe ambitieux,
Qui cache avec orgueil fa tête dans les Cieux,
Dont l'autel s'élevoit fur les débris des Trônes,
Qui d'un pied dédaigneux marchoit fur les Couronnes,
Le Fanatifme enfin, contraint de fe cacher,
N'ofe plus allumer ni torche, ni bûcher :
Galilée à préfent, fans craindre aucuns défaftres,
Dans le centre des Cieux fixe le Roi des Aftres ;
Mes chers concitoyens, Philofophes charmans,
Ne s'entr'égorgent plus pour de vains argumens ;
On brûle moins de gens à Madrid, à Lisbonne ;
Et l'humanité fainte habite la Sorbonne.

L'AIGLE brillant de Meaux a peint quelques Etats
L'un fur l'autre tombant, croulant avec fracas ;
J'admire fes efforts : mais ce mâle Génie
Devoit-il donc borner fa carrière infinie ?
Sur le Peuple fameux par Moïfe adopté,
Son éloquent pinceau femble s'être arrêté.
Plus hardi, je parcours tous les lieux, tous les âges ;
Le Peuple qui du *Tien* (1) adore les images,
Celui qui d'Oromafe encenfe les autels ;
Des ufages nouveaux & de nouveaux Mortels,
Voilà ce que j'ai peint : fous ma plume féconde,
Un Effai fur les mœurs eft l'Hiftoire du Monde.
Tel jadis Archimède, en un brillant faifceau,
Affembla tous les feux du célefte flambeau.

____

(1) Le Chinois.

Tacite fut pourtant mon vainqueur & mon maître ;
Et ta bouche s'ouvroit pour le dire peut-être....
Laiffe jafer ma Mufe encor quelques momens :
Ecoute : as-tu bien lu tous mes petits Romans ?
C'eft-là, c'eft-là fur-tout que, Moralifte habile,
Je fais marcher de front l'agréable & l'utile,
Et qu'ornant mes leçons de riantes couleurs,
J'amufe les Humains pour les rendre meilleurs.
Les Humains n'aiment point un Précepteur févère :
C'eft-là qu'adroitement j'étends aux bords du verre
Le miel qui pouvoit feul, par fes fucs bienfaifans,
De leurs vieilles erreurs guérir ces vieux enfans.

Je ne te parle point de mille bagatatelles
Que le temps, chaque jour, emporte fur fes aîles,
De mille petits vers, ouvrages du moment,
Où règnent la raifon, le goût, le fentiment ;
Pourquoi les arrêter dans leur fuite rapide ?
Si j'allois, de ces vers louangeur intrépide,
Donner un bel éloge à chaque joli rien,
Je ferois mon Flatteur, non mon Hiftorien.
Ces fruits de mes loifirs & non pas de mes veilles,
Tels que certains Sonnets, difficiles merveilles,
N'offrent point les beautés d'un Poëme complet ;
Mais peut-être ils ont tout, puifqu'ils ont ce qui plaît :
L'Art ne les dicta point ; enfans de la Nature,
Leur charme le plus doux eft d'être fans parure.

Je ne te parle point du paffager amour,
Que Thalie en mon cœur fit éclorre à fon tour ;
Elle n'a pas toujours rejetté mes fleurettes ;
J'en ai même reçu quelques faveurs fecrettes ;

Mais en fidèle Amant je garde le tacet ;
Je dois me souvenir que j'ai fait l'*Indiscret*.

As-tu vu quelquefois du milieu de son aire
L'Aigle altier s'élancer au séjour du Tonnerre,
Se perdre, s'égarer sous la voûte des Cieux ?
As-tu vu quelquefois en de champêtres lieux
S'élancer l'hirondelle, & d'une aîle rapide
Raser l'humble gazon, raser l'onde limpide ?
Ainsi j'ai l'art heureux, dans mes écrits divers
D'imiter tour-à-tour ces habitans des airs :
Je monte avec fierté, je m'abaisse avec grace ;
Je réunis Sophocle, Anacréon, Horace,
Horace qui pénètre où s'assemblent les Dieux ;
Et plus semblable encor à l'Astre radieux
Dont les regards au loin chassent la nuit obscure,
Flambeau des Arts, Soleil de la Littérature,
Toujours plein de clarté, de chaleur & de goût,
Dans le Monde savant je brille & suis par-tout.

Par de rares talens suffit-il d'être illustre ?
Non : la seule Vertu donne à l'Homme un vrai lustre.
Beaucoup de Beaux-Esprits que j'ai vus depuis peu,
Ont des velléités de ne pas croire en Dieu.
Pour moi j'y crus toujours ; sur la Sphère étoilée,
Trône immense où s'assied sa Majesté voilée,
Toujours avec respect j'ai porté mes regards,
Et vu ses traits empreints dans les Mondes épars,
Qu'aux marches de son Trône une chaîne balance.
Lucrèce réunit la force & l'élégance ;
Mais Polignac (1), en Vers aussi beaux que les siens,
Célébra de mon tems des dogmes plus chrétiens ;

─────────────

(1) Le Cardinal de Polignac, Auteur de l'Anti-Lucrèce.

C'eſt lui que je préfère, & c'eſt avec ce Sage
Que j'ai fait, comme on fait, un aimable voyage
Devers ce joli Temple (1), agréable féjour,
Dont nous avons fermé la porte à double tour.

N'AI-JE pas prévenu les funeſtes ravages
D'une Hydre (2), qui du Styx va peuplant les rivages
De mères & de fils, d'époufes & d'époux,
En tous lieux, à tout âge, expirant fous fes coups ?
Que fais-je ? du cizeau des trois Sœurs infernales,
J'ai peut-être fauvé ces trois Têtes royales,
Ces Frères vertueux, l'un de l'autre charmés,
Qui s'aimeront toujours autant qu'ils font aimés.

J'AI dit aux Souverains qui montoient fur le Trône :
« Rois, n'ouvrez point l'oreille au Flatteur qui vous prône :
» Soyez juftes, aimez les Loix & vos Sujets ».
Aux Miniftres d'un Dieu de clémence & de paix :
« Meffieurs, par la douceur convertiffez les ames ;
» Ne vous hâtez point trop de condamner aux flammes
» De très-honnêtes gens, parce qu'ils font Payens ».
J'ai dit aux Etrangers, à mes Concitoyens :
« Mes frères, mes amis, ne faites point la guerre ;
» Vivez chacun en paix fur votre coin de terre,
« Vous ferez plus heureux ». J'ai parlé vainement :
Ils s'égorgent peut-être en ce fatal moment.
Indigné des affronts faits aux Dieux du Parnaffe,
J'ai châtié fouvent tes pareils avec grace ;
Eft-ce un crime fi grand ? Mes légers aiguillons
Ont défendu l'abeille en perçant les frélons.

____

(1) Le Temple du Goût.
(2) M. de Voltaire eft un des premiers qui ait écrit en France
en faveur de l'Inoculation.

Quand la mort eft venue étendre fur ma tête
Sa redoutable faulx, fa faulx que rien n'arrête,
J'allois venger Lally d'un injufte trépas.
Que n'ai-je auffi point fait pour le pauvre Calas ?
J'ai nourri, foutenu d'indigentes familles,
Fait bâtir une églife, & marié des filles.
S'il faut s'en rapporter à quelques gens de bien,
Je fuis damné pourtant ;... tu vois qu'il n'en eft rien.
Plus clément qu'on ne croit, le Ciel permet qu'on penfe :
Des Juftes, tu le vois, la jufte récompenfe
Eft mon noble partage en ce bois fortuné ;
Et content, je pardonne à ceux qui m'ont damné.

On fourit à ces mots, & j'ai tout lieu de croire
Que mon fage difcours fatisfit l'Auditoire.
Déjà, pour répliquer, mon Critique envieux
Ouvroit fa bouche torfe, & fes livides yeux
Etinceloient déjà d'une rage impuiffante.
Un long fouet à la main, Alecton fe préfente.
Zoïle, à fon infçu, de l'antre des Méchans
Venoit de s'échapper : à grands coups de ferpens,
Elle le fait rentrer dans fa prifon profonde,
Et purge le verger de fon afpect immonde ;
Et moi, je fus conduit, par l'ordre de Pluton,
Sous le toît verdoyant d'un champêtre fallon,
Où les chiffres divers de guirlandes unies
Faifoient lire ces mots : *Au bofquet des Génies.*
Saifi d'un faint refpect, je falue à l'inftant.
Mon conducteur me dit : *Avance, l'on t'attend.*
Au milieu s'élevoit un trône de fougère,
Siège qu'on deftinoit à mon ombre légère.
J'y fuis entre Corneille & Racine placé ;
Leur laurier poétique au mien eft enlacé.

L'Auteur

L'Auteur de Bajazet, qu'on aime & qu'on admire,
A les yeux attachés fur ma tendre Zaïre.
Corneille lit Brutus. Le gravé Defpréaux,
Non loin de nous affis, tient mes Difcours moraux;
Je crois qu'il les compare à fes belles Epîtres,
Et qu'à fon indulgence il leur trouve des titres.
Pope, en me voyant-là, juge que tout eft bien.
Ariofte fourit, & ce n'eft pas pour rien.
Anacréon, plus loin, décoïffe une bouteille,
Et boit à ma fanté, fous l'ombre d'une treille.
Des *Contes de Vadé*, qu'il loue ingénument,
La Fontaine à Vadé veut faire compliment;
Ses yeux cherchent par-tout cet Ecrivain fublime.
Mais qu'entends-je ? Boileau, mon Juge légitime,
Vient tout-à-coup fur moi de porter fon Arrêt.
Je rougirai long-tems d'un auffi beau portrait,
Et mon Ami C** doutera qu'il reffemble :
« Tous les efprits divers, fon efprit les raffemble ».

ENVOI

A L'ACADÉMIE FRANÇAISE.

HONNEUR foit aux Quarante, & fur-tout à Mercure.
J'ai fu par ce Courier de la Littérature,
Dont ici nous lifons le léger bulletin,
Que dans le mois d'Augufte, au Louvre, l'an prochain
Vous deviez couronner une hymne à ma mémoire.
Vous favez qu'en tout temps j'idolâtrai la gloire;

A ce noble concours je devois avoir part.
L'ingénieux Marot, & le fameux Ronfard,
Et mille autres encore, à l'exemple d'Horace,
Se font loués jadis avec beaucoup de grace.
Malherbe nous a dit, dans un fonnet charmant :
Ce que Malherbe fait dure éternellement.
Ces Meffieurs ont du bon ; mais chacun fait de refte,
Que fe louer vivant c'eft être peu modefte.
Vous ne me ferez point de reproche pareil.
Depuis affez long-temps de mon dernier foleil
J'ai vu l'éclat s'éteindre ; & j'ai pu me permettre,
Sans alarmer l'Envie & fans me compromettre,
De dire un peu de bien de mes vers & de moi.
Vous qui de me juger avez le noble emploi,
Si l'on a couronné ma Mufe octogénaire,
Faites-le moi favoir le prochain Ordinaire :
Elle a jafé long-temps, trop tard je l'apperçoi ;
On eft un peu bavard quand on parle de foi.

Aux Champs Elifées, le 30 Augufte 1778.

POÉSIES DIVERSES.

ÉPITRE (1)

A Hygie, Déesse de la Santé.

Compagne & sœur de la jeuneffe,
Toi, qu'au fein de la volupté,
Des plaifirs & de la molleffe,
On perd fouvent avec gaieté,
Et que l'on regrette sans ceffe;
Toi, qui du pauvre es la richeffe,
Hygie, aimable Déité,
Fille du grand Dieu d'Epidaure,
Pourquoi de tes heureux préfens
Priver, à la fleur de fes ans,
Une Princeffe (2) qu'on adore?
Lorfqu'il n'eft rien que notre cœur
Ne revère & n'admire en elle,
Pour lui refufer ta faveur,
Qu'a-t-elle fait? Réponds, cruelle.

---

(1) Cette Epître a été inférée dans le Journal de Paris, le 27 Janvier de l'année 1782.

(2) Madame la Comteffe d'Artois venoit d'effuyer une grande maladie.

C 2

Avec quelle tendre bonté
Elle foulage l'indigence !
Et du rang & de la puiffance
Tempère l'éclat redouté !
Elle a cette affabilité,
Emule de la bienfaifance,
Par qui même, fans qu'elle y penfe,
Un nouveau prix eft ajouté
A tous les dons qu'elle difpenfe.
Telle eft Thérèfe trait pour trait ;
Je n'ai point flatté mon modèle,
Et tant de vertu méritoit
Que tu lui fuffes plus fidèle.

Dieux, quels dangers elle a courus
Tant qu'a duré ta longue abfence !
Que de maux hélas ! non prévus,
Ont attaqué fon exiftence !
Elle alloit périr de langueur,
Semblable à la nouvelle fleur
Que bat le fouffle de Borée,
Et qui fans force & fans couleur
Voit fous le poids de la chaleur
Succomber fa tige altérée. . . .

C'eft aux foins d'un Epoux chéri
Que l'on doit fa convalefcence ;
Quand l'ame eft heureufe, je penfe
Que le corps eft bien-tôt guéri.
Santé, Déeffe trop volage,
Comble notre félicité,
Et par ton retour fouhaité
De l'Hymen achève l'ouvrage,

Avec ton cortège enchanteur
Les Amours, les Jeux & les Graces;
Reviens calmer notre terreur
Et de Thérèse orner les traces;
Reviens, au chevet de son lit,
Vis-à-vis de l'Epoux qui l'aime,
Et qui tendrement lui sourit,
Reviens te placer en troisième.

Tu m'exauces; du haut des Cieux,
Sur un nuage radieux,
Versaille enfin te voit descendre,
Et ton baume délicieux
Déjà commence à s'y répandre,
Thérèse vit encor pour nous;
Sa force renaît et s'augmente,
A son tour, de l'air le plus doux,
Soulevant sa tête charmante,
Elle sourit à son Epoux.
De Horne, Audirac, la Bordère,
De Pluton bravant le courroux,
Espèrent bientôt à ses coups
Ravir celle qui nous est chère.
Morphée autour de ses rideaux,
Versant par degrés ses pavots
A fait au loin fuir l'insomnie;
Et tout à notre ame attendrie
Annonce la fin de ses maux.
A l'instant même qu'il commence,
L'Hiver n'est pas loin de finir;
Pas à pas le Printems s'avance
Porté sur l'aîle du Zéphir;

Dans les rians bosquets de Flore
Thérèse encor pourra cueillir
La jeune fleur prête d'éclore,
Et par un Peuple qui l'adore,
Aux rives de la Seine encóre
Elle ira s'entendre bénir.

Divinité, que je rappelle,
Tu ne m'es pas toujours fidelle,
Tu m'échappes de tems en tems;
Moi-même en de certains instans
J'éprouve une langueur mortelle.
Avec les jours de mon printems,
Dusses-tu fuir à tire d'aîle,
Pour moi seulement sois cruelle :
Je consens à ne plus te voir,
Si pour Thérèse moins rebelle
Et prompte à remplir notre espoir,
Tu restes à jamais près d'elle.

A M. L'ABBÉ DELILLE,

Qui venoit de m'envoyer son Poëme des Jardins.

Aux autels des Dieux bienfaisans,
Jadis on suspendoit de champêtres guirlandes :
O combien je vous dois de semblables offrandes
   Pour vos vers doux & séduisans !
   O combien je vous dois !... Que dis-je !
Virgile eut le projet de chanter les Jardins :
Il les chanta peut-être, & peut-être en vos mains
   Du Poëme, antique prodige,
Le sort a fait passer les restes clandestins.
   Du Théocrite des Romains
  N'avez-vous pas le génie & le style ?
Même feu, même verve animent vos leçons ;
   Et si j'en crois mes très-justes soupçons,
Vous n'avez point cessé de traduire Virgile.

ÉPITRE AU VAUDEVILLE.

Fils aimable de la gaîté,
Cher & gracieux Vaudeville,
Paris, ce féjour enchanté,
Redevient donc ton domicile!
Salut, joie & profpérité!
Au Français tu dois la naiſſance;
Comme lui, malin, indifcret (1),
Vif, léger, ami de la danfe,
Vous vous reſſemblez trait pour trait.
Il eſt encore, il eſt en France,
Des ridicules, des travers,
Plus dangereux que l'on ne penfe,
Peins-nous les dans tes petits vers.

Pour des Sultanes de Théâtre,
Gaiement on fe ruine encor,
Des Midas, plus vils que leur or;
Exigent qu'on les idolâtre.
La mode eſt notre Déité;
Liés de fes chaînes légères;
Nous n'avons que fa volonté,
Et nous traitons en étrangères
La raifon & la vérité.
Sur les rives Aganippides
Il eſt encor des impoſteurs;
De lâches calomniateurs,
Qui, guidés par les Euménides,

---

(1) C'eſt le nom que lui donna Boileau. *Art. Poét.*

De leur fiel fouillent les neuf sœurs ;
Et qui de leurs langues perfides
Enfoncent les dards homicides,
Même au sein de leurs Bienfaiteurs.

Ces monstres font de tous les âges ;
Mais nous avons des perfonnages
Coupables de moindres forfaits,
Du monde ufurpant les hommages ;
Et qui n'en troublent point la paix :
Le goût, les talens, tout fuccombe.
Que de grands hommes fous la tombe
Qui n'auroient dû mourir jamais !
Le Permeffe, en proie aux orages,
Ne voit croître fur fes rivages
Que des chardons ou des cyprès,
Pour réparer cette difette,
Par qui le Pinde eft aux abois,
N'eft-il pas tel & tel Poëte
Qui dans chaque feuille du mois
Se fait, par fa Mufe difcrete,
Déifier en tapinois ;
Et qui, fous l'abri tutélaire
De ce manège clandeftin,
Se coîffe de fa propre main ;
Des cent couronnes de Voltaire ?

Toi, dont le Sage & d'Orneval
Renouvellèrent la faillie,
Arme-toi, fuccède à Thalie,
Ofe devenir fon rival.
Hélas ! maintenant fur la fcène
Elle eft foumife à d'autres loix ;

Et par le tragique Bourgeois
Laiſſant envahir ſon domaine ;
Vêtue en long habit de deuil,
Elle s'agite, ſe démène,
Et le glaive au poing ſe promène
Autour d'un lugubre cercueil
Qu'elle diſpute à Melpomène.

Arme-toi, ſaiſis tes pinceaux ;
Et viens, d'une main aguerrie,
Sur les méchans & ſur les ſots
Décocher ton artillerie :
Mais ne ſouille point tes portraits
Par ces rébus à doubles faces,
Qui font baiſſer les yeux aux Graces ;
Et deshonorent tes couplets,
Laiſſe aux Léandres des parades
Toutes ces équivoques fades
Dont s'amuſent tant nos Laïs :
De ces Dames les cœurs flétris
N'attachent vraiment quelque prix
Qu'au rire né de la licence.
Point de volupté ſans décence ;
Vaudeville, c'eſt mon avis ;
La Divinité que j'encenſe
N'eſt point celle de Sibaris :
Les plaiſirs purs de l'innocence
De remords ne ſont point ſuivis ;
Voilà ceux dont je ſuis épris,
Et je t'en fais la confidence,
J'ai des mœurs, même dans Paris.

ÉPITRE

A M. DUSAULX, Traducteur de Juvénal.

Pour rendre en vers heureux les beaux vers de Virgile ;
Qu'un autre, s'il le peut, l'emporte fur Delille ;
Qu'ils foient latins, français, j'adore les beaux vers.
   J'aime cet art qui fçait nous reproduire
Des Grecs & des Romains les chefs-d'œuvre divers ;
Mais je prétends fur-tout qu'en ce fiècle pervers,
     C'eft Juvenal qu'il faut traduire.
De fon ftyle âpre et fier les tours audacieux,
Son zèle pour les mœurs faintement furieux,
Doivent à votre plume énergique & fidelle
Une vie, & fur-tout une force nouvelle ;
Tel aux bords de la Seine un pompeux oranger,
    Venu des plus charmans rivages,
S'étonne de fleurir fous un Ciel étranger
     Que voilent de fombres nuages.
    Dans notre cher pays natal
Du flatteur de Mécène on prife fort la grace :
Vous l'eftimez auffi, vous penfez qu'au Parnaffe
Il a mille rivaux, & qu'il n'a point d'égal :
Soyons vrais cependant, tout iroit-il plus mal,
Si nos Lettrés nombreux, à l'efprit fin d'Horace
Joignoient, ainfi que vous, l'ame de Juvénal ?
    Si des fots amans de la rime
Laiffant dormir en paix le ridicule effaim,
Ils ofoient plus fouvent, au nom du genre humain,

Plaider les intérêts du foible qu'on opprime.
S'ils venoient, leur foudre à la main ,
Jufques dans fes Palais faire trembler le crime ?
Nous avons nos *Cluviénus* ;
Qu'ils foient pour la petite guerre,
J'y confens ; mais nos *Crifpinus*
Doivent tomber fumans fous les coups du tonnerre.
Sommes-nous donc fi riches en vertus ?
A Paris , de même qu'à Rome,
N'eft-ce point fur l'habit que l'on juge de l'homme ?
Un Grand, au bord du Tibre , avoit-il des flatteurs
Plus infidieux que les nôtres ?
Le luxe, plus d'adorateurs ,
Et l'Athéifme plus d'Apôtres ?
Monftres de luxure & d'orgueil ,
Les *Saufeïa* , les *Thimeles* ,
Pour le malheur de Rome, hélas ! furent trop belles ;
Mais celles qu'on nous peint fous le nom de Merteuil (1) ,
Eft-ce chez les Romains qu'on en prit les modèles ?
Que vois-je tout à coup ? fur de l'or en monceaux
Un fpectre à l'œil cave , au front morne
Affis & calculant fous de pâles flambeaux !....
C'eft le démon du jeu : fa fureur eft fans borne
Fuyons. Ce Dieu cruel dont vos larges (2) pinceaux
Nous ont fi bien tracé l'épouvantable image ,
Dans Paris , malgré vos tableaux ,
N'a-t-il pas encor notre hommage ?

____

(1) C'eft le nom d'un perfonnage du Roman des Liaifons dangereufes.

(2) M. Dufaulx eft auteur d'un excellent Ouvrage fur la paffion du jeu.

Mais que fais-je ? De Juvénal
Voudrois-je imiter la furie,
Et citer à mon tribunal
Tous les fléaux de la patrie ?...
Taisons-nous, & suivons de vertueux penchans,
Si nous les avons en partage ;
La conduite de l'homme sage
Est la satire des méchans.

THALIE (1)

AUX Comédiens Français, au sujet de leur nouvelle
Salle.

Ecoutez, Messieurs les Acteurs,
Ecoutez ma plainte folâtre :
Lorsque vous changez de Théâtre
Ne pourriez-vous changer d'Auteurs ?
Melpomène, ma sœur altière
Peut encor descendre chez vous :
La Harpe, Ducis, & le Mierre,
Lui rendent des soins assez doux ;
Mais comment y suis-je traitée ?
Jadis on y suivoit ma loi,
Et maintenant, ah ! je le voi,
A peine y suis-je regrettée,
A peine y songe-t-on à moi.
Du lamentable la Chauffée

___

(1) Cette Pièce a paru dans le Journal de Paris, le jour de
l'ouverture du nouveau Théâtre Français.

Les lamentables fucceffeurs,
De mes Etats m'ont expulfée,
Et noyé mes ris dans les pleurs.
Quoique veuve encore & jolie,
D'un voile de mélancolie
Par eux mon front eft revêtu :
Hélas ! dans ma jufte furie,
Faudra-t-il que je me marie
Avec Boniface Pointu ?

VERS

SUR la dernière expofition des Tableaux au Sallon
du Louvre.

OU fuis-je ! Quel fpectacle à mes yeux fe déploye ?
   D'où viennent ces enfans de Mars ?
Quel eft ce Roi ? Ce camp ? Et de la vieille Troye
Quelle main en ces lieux éleva les remparts ?
Eft-ce une illufion ? Un fonge ? Une chimère ?
Je vois les demi-Dieux qu'a célébrés Homère ;
   Je vois cent prodiges épars
Qu'avec raviffement tout un peuple contemple.
Vous, qui charmez le cœur, ainfi que les regards,
Ah ! je vous reconnois, je fuis dans votre temple,
   Je fuis dans le Temple des Arts.
Beaux-Arts, je vous falue, & vous, nouveaux Appelles,
Modernes Phidias, dont les talens divers
Sur des blocs animés, fur des toiles fidelles,
   Nous reproduifent l'univers ;

Evoquez des tombeaux les grands hommes, les belles ;
Ils font dignes de vivre une feconde fois ;
 Mais rendez fur-tout immortelles,
 Les grandes actions des Rois.
Mes vœux font exaucés, des peuples Suédois
 Guftave s'eft nommé le père,
 Et déjà (1) je les apperçois
Profternés à fes pieds bénir fon joug profpère.
De Voltaire pour moi que la vue a d'attraits !
A peine dans la tombe il venoit de defcendre
 Mes larmes ont baigné fa cendre.
Le voilà, c'eft lui-même, oui, tels furent fes traits :
 Aux plus grands honneurs déformais
 S'il n'avoit pas droit de prétendre,
Il revivroit ici, pour ne mourir jamais.
Qu'apperçois-je plus loin ? ce Sage qui médite
 A le voir de plus près m'invite.
 Dieu ! c'eft l'aigle de Port-Royal,
 Le fublime et fombre Pafcal.
Mortels, faites filence, oui, tout vous le commande ;
 Admirez-le, mais fans parler :
 Oui, craignez qu'il ne vous entende,
Ou perdez les fecrets qu'il doit vous révéler.
Mais quel eft ce vieillard que ce grouppe environne ?
Un Monarque, pour lui, defcendu de fon trône
Le fixe avec bonté, le foutient dans fes bras.
 Approchons.... ce vifage blême....
Ces traits défigurés... Ne me trompé-je pas ?...
Leonard de Vinci, des portes du trépas
Seroit-il revenu pour fe peindre lui-même ?

---

(1) Allufion aux efquiffes d'un tableau projetté, qui fe trouve fous le N°. 53.

Quel feu ! quelle nobleffe & quelle vérité !

    C'eft lui, dont la touche peut-être...

Non, non, dans ce tableau dont je fuis enchanté,

L'élève, en le peignant, vient d'égaler fon maître.

Des talens & des arts inquiets détracteurs,

Vantez-nous à préfent les Romaines Ecoles,

Soyez à nos dépens de vils adulateurs,

Et trouvez-nous légers, impatiens, frivoles.

Nous le fommes fans doute, oui, tels font nos défauts :

Mais foyons vrais auffi, que ferviroit de feindre ?

Ainfi que les Romains nous avons nos héros,

Et nous fçavons comme eux les chanter & les peindre.

Et vous d'Angiviller, efprit fage & profond,

Vous qu'à la Cour on aime autant qu'au double mont ;

Voulez-vous des talens protecteur noble & jufte,

Rendre à ces Orphelins leur antique fplendeur ?

Et moderne Mécène, aux jours d'un autre Augufte

Des beaux fiècles de Rome imprimer la grandeur ?

Des enfans de Minerve encouragez l'ardeur,

    Le Français que l'on encourage

Aux plus rudes travaux eft prompt à fe plier ;

Les mortels étonnés contemploient fon ouvrage :

Et l'ouvrage à la fin étonne l'Ouvrier.

A L'AUTEUR

D'UN Ouvrage de Métaphysique lumineux, mais mal écrit.

AMI très-cher, vous tenez le flambeau
Qui dans vos mains vainqueur de l'imposture,
Et dissipant la nuit de la nature,
Vous peut ouvrir l'étroit chemin du beau.
Ce n'est là tout. Pour sauver du tombeau
Un long discours sur l'essence des choses,
Il faut encor que des fleurs demi-closes,
Couvrent un peu la maigre nudité
De ces grands mots & d'effets & de causes.
Voyez Vénus : cette Divinité,
Avec des fleurs relève sa beauté :
Je pense moi, qu'une écharpe de roses
N'iroit point mal, même à la Vérité.

A UN ABBÉ JOURNALISTE.

L'HISTORIEN de la nature,
L'éloquent & sage Buffon,
Venoit d'achever la peinture
Du monde dont le grand Newton
Nous a dévoilé la structure,
De ce monde, où l'homme, dit-on,
Si fier & si vain de son être,

D

Aux regards du fouverain Maître
N'eft pas plus que l'humble ciron.
Indigné des élans fublimes
De ce Philofophe orateur,
Qui du Ciel fonde la hauteur
Et les myftérieux abymes,
Où fe cache le Créateur,
Dans vos pamphlets périodiques
Contre lui vous avez tonné :
Du Pinde les neuf fœurs pudiques
L'ont vainement environné
De leurs égides pacifiques ;
Malgré d'auffi puiffans remparts,
Vous avez cru le mettre en poudre,
Perfuadé que vos pétards
Auroient la vertu de la foudre.

Maintenant moins audacieux
Jufqu'à moi vous daignez defcendre :
Vous laiffez l'Aigle dans les Cieux
Et voulez me réduire en cendre.
Hélas ! de mes écrits divers
Connoiffant la foibleffe extrême,
Et de ma profe & de mes vers,
Souvent peu fatisfait moi-même,
J'ai le front humblement courbé
Sous le redoutable anathême
Que me lance Monfieur l'Abbé,
Des lettres Pontife fuprême.

Mais l'ami que j'ai célébré
Celui qui me fervit de guide
Et que les Graces ont pleuré
Comme le fucceffeur d'Ovide,

Pourquoi l'attaquant fans pitié
Jufques dans le Royaume fombre
Brifer l'autel que l'amitié
Venoit d'élever à fon ombre ?
Hélas ! ce fut donc vainement
Qu'en proie à des regrets fincères,
De quelques rofes éphémères
Ma Mufe orna fon monument,
Et qu'aux fons de mon luth débile
Et par mes larmes détendu,
Le malheureux eft defcendu
Au tombeau fon dernier afile.

Deux fois le père des Saifons
A fait renaître les gazons
Qui verdiffent loin de la ville,
Depuis que par la mort frappé
Dorat d'ombres enveloppé
Goûte un repos doux & tranquille ;
Et vous venez en ces inftans
Remuer fa cendre paifible (1),
Et fans refpect pour les talens
Forcer l'enceinte inacceffible,
Où, contre l'ire des méchans
Se retranche l'ombre invifible
D'un Poëte dont les accens
Charment encor le cœur fenfible
Et des Belles et des Amans !
L'envie en fa rage cruelle,
Ne déchire que les vivans :

____

(1) Voyez le Journal de MONSIEUR, Nº. 25, de l'année 1781.

On ne voit guère ſes ſerpens
S'attacher aux mânes errans
Autour de la ſombre nacelle ;
Admirez-vous, il en eſt tems,
Vous avez été plus loin qu'elle.

L'heureux talent ! le doux métier !
C'eſt dans votre prochain cahier
Qu'en l'honneur du goût & des lettres
Vous devez bien me rudoyer :
Pour ma proſe point de quartier,
Point de grace à mes hexamètres ;
Oui, j'implore votre courroux.
Le peintre du Célibataire,
Dont le ſouvenir m'eſt ſi doux,
Bailli, d'Alembert, & Voltaire,
N'ont-ils pas reſſenti vos coups ?
Le panégyriſte ſenſible
De *Suger*, & de *Montauſier*,
A-t-il garanti ſon laurier
De votre emportement riſible ?
Faites-moi ſubir les deſtins
De ces maîtres dans l'art d'écrire ;
Vos extraits que l'on croit malins
M'honoreront, loin de me nuire.

Des Muſes noble défenſeur,
Allons, armez-vous pour ces Dames ;
Aiguiſez deux mille Epigrammes
Qui puiſſent me percer le cœur,
Faites ouvrir le champ d'honneur ;
Attaquez-y mes opuſcules,
Et venez la lance à la main,

Cuirassé de fer & d'airain ,
Aux yeux de tout le genre humain ,
Me défier pour des virgules.

LE DOGUE SINGULIER.

FABLE.

Debout , auprès d'un Temple antique ,
Un Dogue , qui jamais n'avoit fçu la mufique ,
De fes longs hurlemens fatiguoit les échos ,
 Député par fa République
 Un Danois lui parle en ces mots ,
 En s'avançant fous le portique :
 « Salut , ami , que fais-tu là ?
 » Quel eft ce Temple que voilà ?
Ce Temple , répond-il , eft celui de Mémoire :
 J'ai le paffe-tems affez doux
 D'en écarter les Amans de la gloire ,
Et le fublime emploi d'aboyer contre eux tous.
Les rochers d'alentour fans ceffe retentiffent
 De mes cris fourds & redoublés.
Entends-tu les échos ! Comme ils en font troublés !
 Les Immortels même en frémiffent.
Malheur à l'infenfé , malheur à l'imprudent
Qui tôt ou tard s'expofe à tomber fous ma dent !
Il ne retourne point chez lui fans écorchure.
Pour me rendre aux mortels encore plus fatal ,
 Apprends que je broche un Journal ,
Où nul n'eft à l'abri de ma noire morfure.

D 3

Où de tout je fais bien ou mal
La plus redoutable cenfure.
» De quelle race es-tu ? Qui te donna le jour ?
Lui dit alors fon camarade.
» Des Danois la fuperbe Cour
» M'a fait Confeiller d'ambaffade,
» Et de fa part ici je me viens informer
» S'il faut te haïr ou t'aimer,
» Avec toi vivre en paix, ou te faire la guerre » ?
Haïffez-moi, répond l'animal irrité ;
Il n'eft point avec moi de trève, de traité :
Haïffez-moi : d'effroi je veux remplir la terre,
Et guerroyer inceffamment :
Puis-je avec ton Sénat me conduire autrement ?
En deux mots voici mon hiftoire.
Dans ces lieux que du Styx entoure l'onde noire,
De Mégère autrefois Cerbère fut l'amant ;
Tous deux avoient de quoi fe plaire
Et je naquis de leurs ébats :
Sur les plus nobles chiens je dois avoir le pas,
Je fuis un Dogue littéraire.

ALCIDAMAS.

LA pauvreté des vertus eſt la mère,
A dit un Sage : au vrai Sage en effet,
La pauvreté loin de paroître amère,
Pour lui du Ciel eſt le plus doux bienfait.
Alcidamas, tout fier de ſa détreſſe,
Va répétant, d'un air préſomptueux,
Cet apophtegme, il ſe vante ſans ceſſe
De mépriſer, de haïr la richeſſe,
Mais il eſt pauvre, & n'eſt point vertueux.

ÉLÉGIE

*SUR la mort de M. BORDES, de l'Académie
de Lyon.*

IL n'eſt donc plus ce ſage aimable
Si modeſte au ſein des ſuccès ;
L'ami des arts & de la paix
Eſt tombé ſous les coups du ſort inexorable.
Vous, qui de fleurs & de cyprès
Couvrez peut-être encor ſon urne funéraire,
Vous, ſes concitoyens, dites s'il fut jamais
Un mortel plus digne de plaire
Et plus digne de vos regrets.
Déjà tremblantes ſur leur trône
Les ſciences voyoient chanceler leur couronne.

D 4

Rappellez-vous ce tems pour lui fi glorieux
Où, deux fois enflammé d'un couroux légitime,
    Il vengea d'un affront fublime
    Ces auguftes filles des Cieux :
    Ce tems où fa mufe plus fière,
    Amante de l'humanité,
Au tribunal vengeur de la poftérité
Dénonça des héros la valeur meurtrière :
    Comme eux il s'ouvrit les fentiers
    D'une immortalité brillante ;
    Mais peu femblable à leurs lauriers,
    Sa palme ne fut point fanglante :
    Et du tems bravant les efforts
    Elle fleurira fur vos bords
    Sans vous infpirer d'épouvante.
    Quand pour le luth d'Anacréon
    De Pindare il quittoit la lyre,
    Comme il faifoit à la raifon
    Approuver, même fon délire,
En le lifant alors ne croyoit-on pas lire
    Chaulieu, Saint-Aulaire, Hamilton ?
Oh ! qui me le rendra cet ami véritable
    Que les Mufes m'avoient donné !
    Sur le Permeffe redoutable,
    Où je fus fi jeune entraîné,
Mon fragile vaiffeau d'écueils environné
    Sans ce pilote refpectable
Pourra-t-il maintenant aux vents abandonné,
    Braver leur choc épouvantable ?
Il n'eft plus, c'en eft fait, je le regrette en vain ;
Et l'on ne fléchit point l'inflexible deftin.
    En quel lieu repofe fa cendre ?

Hélas ! faites-le moi favoir,
O vous, qui venez de lui rendre
Et le dernier honneur, & le dernier devoir.
Dans quel réduit paifible & fombre
A-t-on dreffé fon monument ?
Où penfez-vous qu'en ce moment,
Où penfez-vous qu'erre fon ombre ?
Semblable aux voyageurs pieux
Qui vont d'un cœur religieux
Saluer le tombeau d'Horace & de Virgile,
Auffi-tôt que dans vos climats
Les deftins conduiront mes pas
J'irai vifiter cet afyle;
Et fi depuis long-tems retenu dans Paris
Mes mains n'ont pu fermer fa débile paupière,
Elles pourront du moins fur cette froide pierre
Qui couvre fes triftes débris,
Elles pourront du moins, foigneufes de la gloire
Du plus vertueux des amis
Graver cet hymne à fa mémoire.

SUR L'USAGE DE LA VIE.

LA vie eſt courte, & ſon peu de durée
  Nous dit qu'il faut la ménager :
Et l'homme toutefois ſûr qu'elle eſt meſurée,
  Ne travaille qu'à l'abréger.
Eſt-il enfant ?.... à peine il commence de vivre
Aux ſouffrances alors, aux douleurs tout le livre :
Adoleſcent ? Des jeux des plaiſirs, des Amours
  L'eſſaim tumultueux l'égare,
  Dans l'âge mûr il ſe prépare
  A ne rien faire en ſes vieux jours.

VERS

A M. ROUCHER, fur fon dernier fuccès.

Ainsi donc, par tes foins heureux,
Le pauvre voit, dans fa détreſſe
Plus d'un bienfaiteur généreux,
Chercher avec délicateſſe
A foulager fes maux affreux.
Pour un cœur honnête & fenfible
Eſt-il un fuccès plus brillant ?
J'ai vu des palmes du talent
S'orner ta jeuneſſe paifible ,
A notre eſtime il a des droits ,
Le verd laurier qui te décore ;
Le Ciel te gardoit toutefois
Un triomphe plus doux encore.
Pour un père tout éploré,
Tu n'as point en vain imploré
La pitié d'un monde équitable ;
Voilà la gloire véritable,
Tu ne mourras point ignoré.
Qu'une couronne académique
Embelliſſe le front vainqueur
D'un jeune athlète poétique,
Pour moi, la couronne civique
Plairoit cent fois plus à mon cœur.
Peut-il fe donner quelque luſtre,
Le mortel d'honneurs revêtu ?

Oui , mais s'il manque de vertu ,
Que je le plains ! Il n'eft qu'illuftre.
Le bon (1) Veillard , graces à toi,
Verra rétablir fa chaumière :
Déjà fe diffipe l'effroi
Qui troubloit fa famille entière :
Ah ! fi l'envie à l'avenir
Te peut montrer quelqu'indulgence ,
Puiffe-t-elle fe fouvenir
Qu'au moins prompt à la prévenir,
Tu fus utile à l'indigence.

---

(1) La foudre étoit tombée fur la maifon de cet honnête payfan ; & M. Roucher , dans une Lettre à MM. les Auteurs du Journal de Paris , avoit intéreffé pour lui toutes les ames fenfibles.

VERS

*A M. le Comte DE BUFFON , pour le remercier
du préfent qu'il m'a fait d'une gravure dédiée aux
Mânes de J. J. ROUSSEAU.*

DE tes mains , ô Buffon , quand je reçus l'image
    Qu'elles fe plurent à m'offrir ,
Je fentis dans mon cœur l'impatient defir
    De te rendre un nouvel hommage :
    Mais ce defir ambitieux
Puis-je le fatisfaire ? Au fommet du Parnaffe,
    Si je cours implorer mes Dieux ,
    Je t'y vois le front dans les Cieux.
Ton vénérable afpect impofe à mon audace
    Un filence religieux.
    Ma Mufe , fans baiffer les yeux ,
    Ne peut te contempler en face :
    Ma Mufe , jufqu'à ce moment
    Foible , hélas ! autant que timide,
    Refta cachée aux bois de Gnide ,
    Où la retient un Dieu charmant :
    En vain elle te voudroit rendre
    Le tribut que tu dois attendre ,
    Le pur tribut du fentiment.
O vous donc qui marchez fur les traces d'Appelle,
    Accourez , ma voix vous appelle :
Accourez , armez-vous de vos pinceaux brillans ,
    J'ai chanté Buffon fur ma lyre.
    Ce n'eft point affez , je le fens ,

Pour mieux le célébrer uniffons nos talens :
Et, s'il fe peut enfin, partagez mon délire,
   Et fuppléez à mes accens.
Vos crayons ennemis de l'humaine impofture,
Me retracent ici, dans l'effroi (1), dans le deuil,
La fainte vérité, la vertu, la nature,
Prêtes à fuccomber fous l'effort de l'orgueil.
   Il doit plaire au Sage, au Poëte,
   Ce philofophique tableau ;
   Mais votre fublime palette
   Nous en peut créer un plus beau.
   Offrez-nous Montbart fur vos toiles,
C'eft-là qu'avec tranfport Buffon vole au printems :
   C'eft-là que fes travaux conftans,
De l'augufte nature ont foulevé les voiles,
   Et percé l'abîme du tems.
   C'eft-là qu'un jour l'Auteur d'Emile,
Venu pour admirer le prodige du lieu,
   Sur le feuil de ce docte afyle,
S'arrêta profterné comme au temple d'un Dieu.
Buffon étoit abfent. Des Zeuxis d'Aufonie,
Zeuxis Parifiens, fi vous êtes jaloux,
   Ce fujet eft digne de vous.
Que dis-je ! Il vous promet une gloire infinie ;
   Peignez le Génie à genoux
   Devant l'attelier du Génie.

---

(1) Allufion à la Gravure qui m'a été donnée.

RÉPONSE

DE Madame DE LA FAYETTE, *à l'Epître que l'Auteur de l'*Aveugle *par amour lui a adreffée à la tête de ce Roman.*

Des Champs-Elifées, le premier des Calendes de Juin 1781.

LE féjour le plus gracieux
N'eft pas toujours le plus aimable;
Souvent trop de bonheur accable :
L'ennui même habite les Cieux.
Cette maladie incurable,
Et des Monarques & des Dieux,
Pénétroit jufques dans ces lieux,
Et de fon fommeil redoutable,
Commençoit à frapper nos yeux,
Un aveugle, non pas le vôtre,
Mais ce fripon, ce bon apôtre,
Si connu par fes jolis tours,
En un mot, l'aîné des Amours,
L'Enfant qu'à Cythère on adore,
Arrive en ce féjour charmant,
Et tel que le Dieu d'Epidaure :
De cet ennui qui nous dévore,
Nous promet le foulagement;
Il me prie, avec un fourire,
De lui détacher fon bandeau :
Je le détache, & fans mot dire,

Il nous lit un Roman nouveau ;
Celui que vous venez d'écrire
A la lueur de son flambeau,
Et que déjà Paris admire.
Toutes les ombres à l'inftant
Que ce Dieu rendit malheureufes,
Toutes ces ombres fi fameufes
Par leur amour tendre & conftant,
Toutes en cercle fe rangèrent,
Et pêle-mêle fe preffèrent,
Autour du Souverain des cœurs.
Bientôt fur le fort d'Eugénie (1),
Elles répandirent des pleurs,
Et de vos crayons enchanteurs
Louèrent fur-tout la magie.
Sapho difoit, en foupirant,
On ne fauroit peindre mieux qu'elle
Les preftiges de cet enfant
Qui fubjugue la plus rebelle ;
Son art du mien eft triomphant.
D'Abeilard l'amante emportée,
Crut revivre dans vos tableaux,
Et vous fufpendîtes les maux,
Que fouffroit fon ame agitée.
Un plus vieil aveugle à fon tour,
Homère vous rendit les armes,
Et de fes yeux privés du jour,
Tombèrent même quelques larmes.
Les Defmarets, les Scuderis,
Renonçant à leur vaine gloire,

------

(1) Principal perfonnage de l'Aveugle par amour.

Reftèrent

Reſtèrent confus & ſurpris,
Et vous cédèrent la victoire,
Quoiqu’ils aiment fort leurs écrits.
Que dis-je ! Ils briſèrent leurs plumes,
Et dans le milieu du Léthé,
Soudain l’un & l’autre irrité,
Jetta ſes énormes volumes :
Adieu leur immortalité.
D’abord leurs feuilles vagabondes,
Du fleuve ſuivirent le cours :
Mais bientôt au fond de ſes ondes
Il les engloutit pour toujours.

Pour moi, ſûre que des Amours
La troupe vous ſera fidèle,
Je ne penſe pas que *Nemours* (1)
L’emporte jamais ſur *Dolmelle* (2) ;
Entre vos mains il eſt reſté
Mon Taliſman incomparable :
Vous ſeule, enchantereſſe aimable,
Vous ſeule en avez hérité.

Mais revenons ; le Dieu lui-même,
Le petit lecteur emplumé
De ce joli Roman que j’aime,
Ainſi que nous, parut charmé.
Lorſqu’il eut fini ſa lecture,
Ce Dieu, maître de la nature ;

---

(1) Perſonnage de la Princeſſe de Clèves, Roman de Madame de la Fayette.
(2) Perſonnage de l’Aveugle par amour.

E

S'écria : ce Roman nouveau
M'a plus touché que tous les vôtres ;
Ah ! remettez-moi mon bandeau,
Je ne veux plus en lire d'autres.

PORTRAIT.

Air : *Comme v'la qu'eſt fait.*

LA Divinité que je chante,
A peu beſoin de mon encens :
Tout plaît en elle, tout enchante,
Le cœur, & l'eſprit, & les ſens :
Dès qu'on la voit, je vous aſſure
Qu'on met les Graces en oubli :
Son teint, ſa taille, ſa figure,
N'ont rien qui ne ſoit accompli.
    Comme c'eſt joli !
    Comme c'eſt joli !

A MM. DE L'ACADÉMIE DE LYON,

*POUR les féliciter d'avoir reçu parmi eux Madame
la Comtesse de B*** (1).*

DISCIPLES renommés des Nymphes d'Aonie,
Vous l'abolissez donc cet usage cruel,
Qui ferme à la beauté les temples du Génie ;
    Vous y méritez un autel.
Vous êtes à la fois justes, galans & sages,
Oui, vous l'êtes : pourquoi ce sexe aimable & doux,
Hors de votre Lycée objet de vos hommages,
N'auroit-il point le droit d'y siéger avec vous ?
    Aristippe apprit de sa mère
L'art de penser, d'écrire, & sur-tout l'art de plaire ;
    Et dans les bosquets d'Apollon,
Quel Poëte jamais, de roses printannières
    Fit une plus riche moisson,
    Que la sensible Deshoulières ?
Quelle autre qu'Aspasie, au maître de Platon
    Donna des leçons de sagesse ?
Et l'antique Sapho, prodige du Permesse,
Par des Vers qu'on admire & qu'on relit sans cesse,
N'a-t-elle point conquis un immortel renom ?
    Sapho, Deshoulière, Aspasie,
    Amantes de la Poésie,
Vous toutes, dont les noms sont au Pinde tracés

---

(1) Madame la Comtesse de B*** a été reçue à l'Académie
de Lyon, le 12 Janvier de l'année 1782.

Dans les archives du Génie,
Difparoiffez, difparoiffez
Devant l'Auteur de Stéphanie;
Vos talens divifés, & vos charmes épars
  Se trouvent raffemblés en elle :
  Vertueufe, fenfible & belle,
Elle enchante le cœur, ainfi que les regards.
La Mufe du Roman qui fut celle d'Homère,
  Qui, des Grecs nos premiers aïeux,
  Créa la pieufe chimère,
  La Mufe enfin du merveilleux,
  De tous fes préfens l'a dotée ;
  Plus fûrement que Prométhée,
  Elle a ravi le feu des Cieux.
  Dans fes écrits ingénieux
  Brille cette flamme célefte,
Et duffé-je alarmer fon cœur fimple & modefte,
  Elle brille plus dans fes yeux.
  O vous, qui l'avez adoptée,
  Doctes rivaux des anciens,
Dites-moi, dites-moi, quelle plume vantée
Nous a tranfmis des Vers plus heureux que les fiens ?
  Sur le tombeau de Louife (1)
  Vous verfez encor des pleurs :
  De fes talens enchanteurs
  Votre ame eft toujours éprife ;
  Ceffez de la regretter :
L'Auteur de Stéphanie, au fommet du Parnaffe,

---

(1) Louife Labé, femme de Lyon, juftement célébre par fes
Oûvrages & fa beauté.

Jaloufe d'avoir fa place ,
    A grands pas vient d'y monter.
Ce n'eſt pas toutefois qu'un févère Ariſtarque,
    Gravement armé du compas ,
    Dans ſes Ouvrages ne remarque
    Quelques légers défauts : hélas !
    Qui n'a pas les ſiens ici-bas ?
Mais vous êtes du goût les arbitres fidèles ,
    Et nul ne l'atteindra jamais ,
    Si dans ſes Ecrits déſormais ,
Elle choiſit toujours les vôtres pour modèles.

SUR UN DÉPART.

Elle part, je ne puis l'arrêter, ni la ſuivre :
    Que de tourmens je vais ſouffrir !
    Sa fuite m'empêche de vivre ,
Et ſon prochain retour me défend de mourir.

LATERANUS (1) A NÉRON.

Lache Tyran ! tu veux donc le savoir,
De quel secret je suis dépositaire :
Vœu superflu : tout cède à ton pouvoir,
Tu ne saurois m'empêcher de me taire.
C'est vainement que tu crois m'ébranler
Par l'appareil de mille affreux supplices :
N'espère pas m'émouvoir, me troubler ;
De son secret mon cœur fait ses délices :
Tu le sauras quand je pourrai trembler.

LE PALAIS DE L'AMOUR.

Viens, ami, vois-tu ce Palais,
Dont le faîte est non loin des nues ?
Vois-tu ces trois Vierges auprès,
Qui sont modestes, quoique nues ?

Ami, ce superbe séjour
Du plus grand des Dieux est le temple ;
C'est la demeure de l'Amour
Qu'en ce moment ton œil contemple.

---

(1) Ce Lateranus fut condamné à la mort par Néron, pour crime de conspiration, & sur-tout pour avoir tu constamment les noms de ses complices. Le Bourreau, qui lui trancha la tête, ne l'ayant frappé que légérement, il la releva sans s'émouvoir, & lui tendit le col de nouveau. Epictète admiroit beaucoup ce trait de fermeté & de courage.

Il n'eſt point ici de Mortel
Qui ne révère ſes images :
Viens, qu'il reçoive à ſon Autel,
Et notre encens, & nos hommages.

Là, de ſon pouvoir triomphant,
Brillent par-tout d'illuſtres marques,
Là, tu verras un jeune enfant
Commander aux plus vieux Monarques.

» En ces lieux on ſubit des loix !
Jamais n'y doit entrer le Sage.
» Ami, le Sage quelquefois
En fait un gîte de paſſage.

CONSEILS A MADAME DE***.

Pourquoi ſouffrir à vos genoux,
   Ce barbon qui ſoupire ?
Par hazard écouteriez-vous
   Son langoureux martyre ?
Vous n'avez pas encor vingt ans,
   Et certes je m'étonne,
Que la Déeſſe du Printems
   Se plaiſe avec l'Automne.

La vieilleſſe a d'heureux ſecrets
   Nés de l'expérience ;
Mais la jeuneſſe a des attraits
   Meilleurs que la ſcience ;

Pareils aux Héros, les Amans,
  Pour faire des conquêtes,
N'attendent jamais que les ans
  Viennent blanchir leurs têtes.

Aux vieillards on doit du refpect,
  Et des égards fincères ;
Que l'on s'incline à leur afpect,
  La plupart font nos pères :
Ils font faits pour être des loix
  Les organes fidèles :
Qu'ils fervent de Mentors aux Rois,
  Et nous laiffent les belles.

PORTRAIT DE ZELMIRE.

Air : *Il eft encore des Belles.*

JE chante une Mortelle
Dont Zelmire eft le nom,
Et qui n'eft pas moins belle
  Que Vénus ou Junon ;
Son regard ou fon fourire
Suffifent pour tout charmer :
Voulez-vous bientôt aimer ?
  Voyez Zelmire.

  Elle a toutes les graces,
  Et toutes les vertus :
  Enchaîné fur fes traces,
  L'Amour ne change plus :

Dès qu'on la voit, on l'admire,
Nul ne peut lui réfister :
Voulez-vous ne point flatter ?
Louez Zelmire.

Mais fon cœur eft-il tendre
Et fenfible à fon tour ?
Eft-il prêt à fe rendre
Après un long amour ?
Helas ! en vain on defire,
En vain on croit l'attendrir :
Voulez-vous toujours fouffrir ?
Aimez Zelmire.

LA JALOUSIE RÉCIPROQUE.

Nous fommes hélas ! tous les deux,
Atteints de jaloufie,
Et nous fouffrons des maux affreux
Par cette phrénéfie :
Mais au moins plus d'une raifon
A fait naître la mienne ;
Il n'eft point d'injufte foupçon,
Que ne forme la tienne.

Si tu me vois de tems en tems
Avec une autre Belle,
Tu crois que des vœux inconftans
M'ont attiré près d'elle ;

Si je foupire , c’eſt d’amour
    Pour ta rivale altière ,
Et foudain tu maudis le jour
    Où tu vis la lumière.

Devrois-tu douter que mon cœur
    N’éprouve un feu fincère ?
En t’aimant je paie au vainqueur
    Un tribut néceffaire :
Mais eſt-il rien qui de ta foi
    M’affure ou me réponde ?
Je ne fuis aimé que de toi,
    Tu l’es de tout le monde.

VERS

A l’Auteur d’un Diſtique calomnieux.

Auteur qui fites ces deux Vers,
    Ou d’avoir deux petits travers,
Vous ofez lâchement accufer une Belle,
    Si tout haut le fat applaudit
    A votre injurieux libelle,
    Tout bas le Sage vous maudit ;
Quel fruit vous revient-il d’une action fi noire ?
    Vous croyez avoir mérité
Une place peut-être au Temple de Mémoire,
    Et le vrai juge de la gloire
Punit par fes mépris votre témérité.
    En deux mots, voici votre hiſtoire :

Jadis les Titans odieux,
Joignant la fureur aux bafphêmes,
Voulurent détrôner les Dieux,
La pierre qu'ils lançoient retomboit fur eux-mêmes.

ÉPITRE A MOLIERE.

MOLIÈRE, de nos mœurs cenfeur inimitable,
Et de tous nos travers feul peintre véritable
Toi, dont les défauts même ont un air féduifant,
De l'art que tu créas en le reproduifant,
Depuis que tu n'es plus, fais-tu quelle eft l'hiftoire ?
Tes Manes étonnés auront peine à le croire :
La Comédie, hélas ! a brifé fes pinceaux,
Et laiffe en paix régner les méchans & les fots.
Malheur à l'infenfé dont la plume novice
S'armeroit maintenant pour détrôner le vice !
Le vice impunément domine dans Paris ;
On ne s'y moque plus de Meffieurs les Maris.
Chacun d'eux y peut être infidele ou commode ;
Et tout, jufqu'aux vertus, y dépend de la mode.

LES Français d'autrefois n'ont pas été meilleurs,
J'en conviens avec toi : mais tes crayons railleurs,
S'ils ne les changeoient pas, du moins aux ris des Sages
Expofoient leurs travers, & même leurs vifages.
Et tel, qui revenoit d'entendre Triffotin,
Croyoit dans chaque Abbé retrouver un Cotin.

TOUT eft changé. Regnard, dont tu vis la jeuneffe,
Regnard s'acheminant aux rives du Permeffe,

Y rencontra Thalie ; & d'un air affez doux,
A cette aimable Veuve il s'offrit pour époux.
Il lui plut : avec elle il partagea ton trône ;
Et ramaffa les fleurs, qu'en treffant ta couronne,
La joyeufe Déeffe avoit laiffé tomber.
Rarement fur la fcène on l'a vu fuccomber.
Son ftyle eft vif, léger, fon intrigue frivole.
Chez lui l'action court, le dialogue vole.
Brillant dans fes récits, faillant dans fes portraits,
De la fine Epigramme il épuife les traits.
Mais eft-il fans défauts aux yeux de la critique ?
A-t-il, ainfi que toi, le but philofophique ?
Sait-il avec adreffe, avec dextérité,
Raillant l'affreux Tartuffe, & l'Avare hébêté ;
Sous leurs pas en riant montrer le précipice ?
Non. Loin d'en écarter, dans les fentiers du vice,
Lui-même de fa main femble nous diriger ;
Il ne cherche qu'à plaire, & point à corriger.
Des plus mauvaifes mœurs fon Théâtre eft l'école.

JE fuis loin de vouloir que, moderne Nicole,
Un Poëte comique, avec auftérité,
Ainfi que la vertu peigne la vérité ;
Il manqueroit fon but. Qu'il invoque ta Mufe :
Sans jamais rien outrer, en tout tems elle amufe.

REGNARD eut un rival qui ne fut pas le tien.
Du trône de Thalie ingénieux foutien,
Dufrefni remplaça tes admirables fcènes
Par de légers portraits des fottifes humaines.
Découfu dans fes plans, mais ferré dans fes vers,
Il peignit décemment les indécens travers

De ces vives Beautés, pétulantes coquettes,
Qui vont quêtant par-tout d'amoureuses fleurettes.
Souvent comme l'Abeille, enfant aîlé du Ciel,
La Muse de Regnard (1) a dérobé son miel
Sur les diverses fleurs que, rivale de Flore,
Du Molière Romain la Muse a fait éclore.
Dufresni plus fécond, dans les travaux d'autrui,
A toujours dédaigné de chercher un appui.
Dufresni créa seul ses plans, ses caractères.
Seul il a fécondé ses veilles solitaires.
Regnard imite Plaute; il n'a rien imité :
L'Atticisme riant, l'aimable urbanité,
Presque en tous ses écrits marchent de compagnie ;
Et son esprit par fois ressemble à ton génie.

Il meurt. Abandonnée au plus tendre regret,
Sur son troisième époux Thalie encor pleuroit ;
Destouches la console. On lui doit des éloges :
Il a souvent charmé le Parterre & les Loges,
Par les nobles atours de ses Drames touchans.
Ami de la décence & fléau des méchans,
Souvent avec succès de l'ami (2) de Lélie
Il a ressuscité la Muse ensévelie.
Il est pur comme lui, comme lui languissant.
Pour s'élever à toi son génie impuissant
Fait pourtant des efforts dignes qu'on s'en étonne.
Il redescend bientôt, redevient monotone,
Et sa gaieté sans cesse est voisine des pleurs ;
S'il nous attristoit moins, il nous rendroit meilleurs.

---

(1) Allusion aux Menechmes de Regnard, imités des Menechmes de Plaute.

(2) On sait que Térence fut l'ami du fameux Lélius.

Je ne te parle point de ces Drames funèbres
Qu'enfanta le faux goût au sein de ses ténèbres ;
Qui du charbon de Londre exhalent la vapeur,
Et dont tout le mérite eſt de nous faire peur.
De ces noirs avortons le nombre ici fourmille,
Et loin qu'avec tes fils certain air de famille
Sur leur sombre laideur nous faſcine les yeux,
L'ennui toujours eſt peint ſur leur maſque odieux.
Leur embonpoint n'eſt rien que de la bouffiſſure,
Et tous ont de leur chûte encor la meurtriſſure.

DE Fagan, de le Grand, je ne te parle pas.
J'ai déſigné les Chefs, qu'importent les Soldats ?
Il en eſt, toutefois, qu'au Pinde l'on renomme :
Greſſet fit le Méchant quoiqu'il fût honnête-homme.
Et combien à ſon tour le Sage te plairoit
Lorſqu'il ôte le maſque à Monſieur Turcaret,
Et montre à nud ce cœur plein de lâches penſées !
Boiſſi, peintre élégant de nos modes paſſées,
Te mettroit au courant de ces frivolités.
Bourſaut nous charme encor par ſes moralités
Dans les récits qu'il prête au Sage de Phrygie.
Le ſubtil Marivaux à ta mâle énergie,
Subſtitua des traits qu'on admire aujourd'hui ;
Tu fais rire toujours, on ſourit avec lui.
De l'adroit Pathelin la farce rajeunie,
Rappelle des beautés dignes de ton génie ;
Et Dancourt hérita de ta vivacité.
Piron ſeul a ta verve, ainſi que ta gaieté.
Que j'aime l'Empirée ! & que dans ce modele
Je trouve de moi-même une image fidelle !
Que j'aime à voir tracés dans ce tableau charmant,
Où le Poëte eſt peint ſi poétiquement,

Mes defirs inquiets pour la vaine fumée,
Qu'il nous plaît d'appeller du nom de renommée ;
Les rifibles effets de mes diftractions ;
Et mon enthoufiafme, & mes convulfions !
Que le portrait reffemble ! O Molière ! ô mon Maître !
Sous le nom de Damis, quand je me vois paroître,
(Cache bien un fecret que je ne dis qu'à toi,)
J'ai le plus grand plaifir à me moquer de moi.
Ce Damis, comme Alcefte, obtient tous mes fuffrages.

Un peu moins immortel que fes jolis Ouvrages,
Dorat, toujours préfent à mon cœur éperdu,
Aux mêmes lieux que toi fans doute eft defcendu.
Que du Célibataire il te faffe lecture :
De nos goûts paffagers cette noble peinture
Pourra...... qu'allois-je dire ? Eft-ce être circonfpect ?
En louant fon ami, l'ami paroît fufpect.
Taifons-nous. Seulement, pour changer de chapitre,
Permets qu'en ton honneur j'acheve cette Epître.

Il n'eft point de grand homme, il n'eft point de héros,
Qui feul dans fa carrière ait brillé fans rivaux,
Et qui du plus haut rang ne puiffe un jour defcendre.
Le Macédonien qui mit l'Afie en cendre,
Avoit accumulé cent triomphes divers ;
Mais Porus l'attendoit au bout de l'Univers ;
Non moins vaillant que lui, Porus fut le combattre.
Céfar, que des Gaulois l'effort ne put abattre,
Ce Romain fi fameux qui vainquit les Romains,
Seroit, fans Annibal, le premier des humains.
Le Chantre de Mantoue a la douleur amère
De partager fa palme avec le vieil Homère,

Et Michel Ange atteint à celle de Zeuxis.
Auprès d'Anacréon Tibulle s'eſt aſſis.
Rome, qui ſi long-temps fut l'émule d'Athènes,
A vu dans Cicéron renaître Démoſthènes.
La Grèce eut des Myrons; la France des Couſtous.
Tous ces Mortels ſont grands, nous les admirons tous;
Ils marchent tous de front dans leur noble carrière.
Mais quel Mortel jamais fut l'egal de Molière?

FIN.